KB116881

영어 까막눈도 말이 통하는

포켓 여행영어

김완수 지음

해피&북스

영어 까막눈도 말이 통하는
– 포켓 여행영어

초판1쇄   2019년 3월 23일

지은이 | 김완수
펴낸이 | 채주희
펴낸곳 | 해피&북스

등록번호 | 제 13-1562호(1985.10.29.)
등록주소 | 서울시 마포구 신수동 448-6
전화 | (02) 323-4060, 6401-7004
팩스 | (02) 323-6416
메일 | elman1985@hanmail.net
ISBN 978-89-5515-649-2

값 12,800 원

영어 까막눈도 말이 통하는

포켓 여행영어

김완수 지음

해피&북스

머리말

　요즘은 남녀노소를 불문하고 해외여행을 하는 경우가 많아졌다. 따라서 영어의 필요성이 그 어느 때보다도 절실하다. 하지만 영어로 의사소통을 못하여 두려워하거나 염려하는 사람들이 여행객들의 대다수를 이루는 현실이다.

　이 책은 영어를 못하는 어린이를 비롯하여 나이가 많으신 어른들에 이르기까지 쉽고 간편하게 이용할 수 있는 실용적이고 유용한 표현들만을 엄선하여 다루었다. 특히 해외여행을 할 때 만날 수 있는 여러 가지 상황에 적합한 간단하고 쉬운 표현들을 소개하였고 발음이 잘 안 되는 분들을 위하여 우리말로 발음까지 표기해주었다. 따라서 영어에 대한 준비 없이 갑자기 여행을 하는 분들에게도 큰 도움이 되리라고 확신한다.

2019. 1. 31

지은이 김완수

이 책의 구성과 특징

해외여행 준비 때 유의사항

1부: 해외여행에 필요한 다양한 상황제시

2부: 일상생활에 필요한 다양한 상황제시

부록 : 영어초보자 학습에 필요한 다양한 문형제시

목차

<u>1부</u> – 해외여행 영어표현

목차

2부 – 일상회화 영어표현

해외여행 준비 때 유의사항

　　언어, 환경, 문화 등이 다른 나라를 여행하려면 그 나라를 위한 여행안내 책자나 인터넷 검색을 통해 여러 면에서 정보를 확인하며 준비해야 한다. 그렇지 않을 경우 예기치 못한 사고나 문제가 발생하여 큰 고통을 겪을 수 있다. 따라서 여행사가 잘 해주겠지 하고 방심하지 말고 여행일정을 숙지하며 철저히 준비하는 게 좋다.

여권과 비자 신청 및 발급

여권과 비자는 출국하기 전에 반드시 발급받아야 할 서류이다.

여권 신청서류

일반인

☐ 여권발급신청서 1부
☐ 여권용 사진 1매
☐ 신분증(주민등록증이나 운전면허증)

□ 병역 의무자인 경우 병무확인서 1통
□ 18세 미만인 경우 부모의 여권 발급 동의서 및 인감증
   명서
□ 발급비용: 20,000원 ~ 53,000원

* 여권 발급 소요기간은 4-5일이나 성수기에는 7-10일 정
도 걸린다.

공무원

□ 여권발급신청서 1부
□ 여권용 사진 1매 (※ 긴급 사진부착식 여권 신청시에
   는 2매 제출)
□ 신분증(주민등록증, 운전면허증)
□ 공무원증 또는 재직증명서 (단, 해당기관에 재직여부
   확인)
□ 병역 의무자인 경우 병무확인서 1통 (18세이상 35세이
   하 남자) 군인, 군무원 및 대체의무 복무중인 자
□ 여권발급신청서 1부
□ 여권용 사진 1매 (※ 단, 사진전사식 여권(~2008.8.24)
   이나 긴급 사진부착식 여권 신청시에는 2매 제출)
□ 신분증(주민등록증이나 운전면허증)
□ 추가서류

여권발급 기관2008년 8월25일 전자여권발급과 더불어 여권본인직접신청제가 실시되었다. 이에 외교통상부는 여권 사무 대행 기관을 66개 기관에서 168개 기관으로 확대하고, 기타 지방자치단체에서도 희망하는 경우 여권 접수 및 교부를 실시할 수 있어, 모든 지방자치단체에서 여권을 신청할 수 있게 되었다. (외무부 여권과, 시청, 구청 등)

비자 신청 서류

□ 여권
□ 여권용 사진 1매
□ 주민등록증
□ 초청장 (필수 조건은 아님)
□ 발급비용 : 국가와 체류 기간에 따라 다름

항공권 예매

항공권 예매는 여행사를 통해서 하거나 인터넷을 통해서 하는 방법이 있다. 인터넷을 통해서 하면 편리하고도 저렴한 티켓을 구할 수 있는 게 장점이다. 또 한 가지 알아야 할 점은 요즘엔 해외 여행객이 워낙 많다보니까 원하는 날짜의 항공권을 예매하기도 쉽지 않은 현실이다. 따라서 나라마다 다르

긴 하지만 성수기에 여행을 하려면 3개월 내지 6개월 전에 예매를 해야 한다. 일반적으로 저렴한 항공권을 구입하려면 갈아타고 가는 타국의 항공권을 예매하는 것이다. 인터넷을 통해 항공기마다 가격을 비교해보면 도움이 될 것이다.

홈스테이

타국에서 장기간 체류할 경우엔 홈스테이를 구하게 되는데, 대개의 집은 보증금(deposit)을 요구하게 된다. 그런 경우 계약서 조건을 잘 살펴보고 서명을 하야 한다. 경솔하게 서명을 하고 계약 조건을 위반하여 보증금을 못 받는 경우도 있기 때문이다. 보증금을 요구하지 않는 집을 구하면 물론 더 좋을 것이다. 그런 집도 많이 있는 게 사실이다.

또 한 가지 유념할 것은 여러 달 체류할 경우에도 방값을 매월 한 달씩 지불하는 게 좋다. 그래야 집이 마음에 안들 경우 옮기기가 용이할 것이다.

1부

해외여행
영어표현

I'd like to reconfirm my flight.
아이드라익투 리컨펌 마이 플라이트
예약을 재확인하고 싶습니다.

Date and flight number, please.
데잇 앤 플라잇 넘버 플리즈
날짜와 비행기 번호를 말씀해주세요.

April 4, CP flight 005
에이프럴 펄스 씨피 플라잇 지로지로파이브
4월 4일 CP 005편입니다.

I'd like to check in.
아이드 라익투 체킨
탑승수속을 하려고 합니다.

Would you like a window or aisle seat?
우쥬 라이커 윈도우 오어 아일 씻
창쪽 좌석을 원하세요, 통로 좌석을 원하세요?

Where is the duty-free shop?
웨어 리즈 더 듀리 프리샵
면세점이 어디에 있죠?

Where is the gate 10?
웨어 리즈 더 게잇 텐
10번 게이트는 어디에 있죠?

Please fasten your seat belt?
플리즈 패슨 유어 씻 벨트
안전벨트를 매어 주십시오.

What would you like to drink?
윗 우쥬 라익 투 드링크?
뭘 마시길 원하세요?

Do you have orange juice?
두 유 햅 오린쥐 주스
오렌지 주스 있어요?

Another orange juice, please.
어나더 오린쥐 주스 플리즈
오렌지 주스 한 잔 더 주세요.

Chicken or beef?
치킨 오어 비프
닭고기 드실래요, 소고기 드실래요?

Chicken, please.
치킨 플리즈
닭고기 주세요.

Excuse me. Can I have one more blanket?
익스큐즈 미 캐나이 햅 원모어 블랭킷
실례지만, 모포 한 장 더 주실래요?

03 입국심사

Where is the immigration counter?
웨어 리즈 더 이미그레이션 카운터
입국심사대가 어디에 있습니까?

May I see your passport?
메이 아이 씨 유어 패스포트
여권 좀 보여주시겠습니까?

What's the purpose of your visit?
윗츠 더 퍼포스 어브 유어 비짓
당신의 방문 목적은 무엇입니까?

Sightseeing.
싸잇씨잉
관광입니다.

How long are you going to stay?
하우 롱 아 유 고잉 투 스떼이
얼마나 오래동안 체류하실 건가요?

For one week.
퍼 원 웍
일주일입니다.

Where are you going to stay?
웨어 라 유 고잉 투 스떼이
어디에서 머물 겁니까?

At the Hilton Hotel.
앳 더 힐튼 호텔
힐튼호텔입니다.

04 짐 찾기

My suitcase didn't come out.
마이 숫케이스 디든 커마웃
제 여행 가방이 나오지 않았습니다.

My bag is missing.
마이 백 이즈 미씽
제 가방이 없어졌어요.

Here is my baggage claim tag.
히어리즈 마이 베기쥐 클레임택
여기에 짐 보관증이 있습니다.

My suitcase is damaged.
마이 숫케이스 이즈 대미쥐드
제 여행가방이 손상되었습니다.

Can I see your baggage tag?
캐나이 씨 유어 배기쥐 택
짐표를 보여주시겠어요?

What's your flight?
윗츠 유어 플라잇
항공기 편명이 뭐죠?

What color is your bag?
윗 컬러 이즈 유어 백
가방이 무슨 색이죠?

Is there a restroom near here?
이즈 데어러 뤠스트룸 니어 히어
이 근처에 화장실 있습니까?

Where is the restroom?
웨어 리즈 더 뤠스트룸
화장실이 어디에 있죠?

Where is the washroom?
웨어 이즈 더 워쉬룸
화장실이 어디에 있죠?

Is there a coffee shop nearby?
이즈 데어러 커피 샵 니어바이
근처에 커피숍 있습니까?

There's a pay toilet in that building.
데어즈 어 페이토일릿 인댓 빌딩
저 건물에 유료 화장실이 있습니다.

There is no toilet paper.
데어 이즈 노 토일릿 페이퍼
화장지가 없습니다.

Where are you going to stay?
웨어 라 유 고잉 투 스떼이
어디에서 머물 겁니까?

I can't flush the toilet.
아이 캔트 플러쉬 더 토일릿
물이 내려가지 않네요.

Do you have anything to declare?

두 유 햅 에니띵 투 디클레어

신고할 물건 있습니까?

No, nothing.

노우 나띵

아니오, 없습니다.

These are all personal things.

디즈 아 올 퍼스널 띵즈

이것들은 모두 개인용품들입니다.

Do you have any alcohol or cigarettes?

두 유 햅 에니 앨코홀 오어 씨가레츠

술이나 담배를 가지고 있습니까?

I have some liquor and cigarettes.

아이햅 썸 리커 앤 씨가레츠

전 약간의 술과 담배가 있어요.

Open your suitcase, please.

오픈 유어 케이스 플리즈

여행가방을 열어주세요.

How much is the duty?

하우 머치 이즈 더 듀리

관세는 얼마입니까?

Where's the money changer?
웨어즈 더 머니 체인줘
환전소는 어디입니까?

Where can I exchange money?
웨어 캐나이 익스체인줘 머니
환전을 어디에서 할 수 있나요?

Where is the washroom?
웨어 이즈 더 워쉬룸
화장실이 어디에 있죠?

Exchange, please.
익스체인줘 플리즈
익스체인줘 플리즈

How would you like it?
하우 우 쥬 라이킷
어떻게 해드릴까요?

With some change, please.
위드 썸 체인줘 플리즈
잔돈을 좀 섞어주세요.

I need 5 one hundred bills.
아이닛 파이브 원헌드레드 빌즈
백 달러짜리 지폐 5장이 필요합니다.

Can I have 4 ten dollar bills?
캐나이 햅 퍼 텐 달러 빌즈
제가 10 달러 지폐 4장을 가질 수 있을까요?

Sure.
슈어
그럼요.

08 호텔 투숙할 때

I'd like to check in, please.
아이드 라익투 체킨 플리즈
체크인을 하길 원합니다.

I don't have a reservation.
아이 도운 해버 레저베이션
저는 예약을 하지 않았습니다.

Do you have a single room available for tonight?
두 유 해버 씽글 룸 어베일러블 퍼 투나잇
오늘 밤 묵을 1인용 방 있나요?

I have a reservation.
아이 해버 레저베이션
저는 예약을 했습니다.

I'd like to make a reservation.
아이드라익투 메이커 레저베이션
예약을 하고 싶습니다.

Please fill out this form.
플리즈 필라웃 디스 펌
이 양식을 기입해주세요.

You accept credit cards, don't you?
유 억셉트 크레딧 카드 도운츄
신용카드 받으시나요?

What's the checkout time?

윗츠 더 체크아웃 타임

체크아웃하는 시간이 몇 시죠?

This is room 201.

디스이즈 룸 투오우원

201호실입니다.

I'd like to check out now.

아이드라익투 체크아웃 나우

지금 체크아웃하길 원합니다.

Please get my bill ready.

플리즈 겟 마이 빌 뤠디

계산서를 준비해주세요.

I'm going to leave one night earlier.

아임 고잉 투 리브 원 나잇 어얼리어

하룻밤 일찍 떠나려고 합니다.

Would you send up a bellboy for my baggage?

우 쥬 쎈 더 버 벨보이 퍼 마이 배기쥐

제 짐을 들고 갈 보이 좀 올려 보내주실래요?

Would you call a cab for me?

우 쥬 콜 러 캡 퍼 미

저를 위해 택시 좀 불러주시겠어요?

_____ **I've locked my key in my room.**
아이브락트 마이 키 인마이 룸
방에 열쇠를 둔 채 문을 잠궜습니다.

_____ **I locked myself out.**
아이락트 마이쎌프 아웃
열쇠가 없어 방에 들어갈 수가 없습니다.

_____ **The master key, please.**
더 매스터 키 플리즈
마스터 키를 주십시오.

_____ **The toilet doesn't flush.**
더 토일릿 더즌 플러쉬
화장실 변기에 물이 흐르지 않습니다.

_____ **The next room's very noisy.**
더 넥스트 룸즈 베리 노이지
옆방이 몹시 시끄럽습니다.

_____ **So I can't sleep.**
쏘 나이캔트 슬립
쏘 나이캔트 슬립

_____ **There's no hot water.**
데어즈 노 핫 워러
뜨거운 물이 나오지 않습니다.

_____ **My room hasn't been cleaned.**
마이 룸 해즌 빈 클린드
방이 청소가 되어 있지 않군요.

Where is a pay phone?
웨어리즈 어 페이 폰
공중전화는 어디에 있죠?

Hello. This is Carol.
헬로우 디스이즈 캐롤
여보세요. 저는 캐롤인데요.

Can I speak to Mary?
캐나이 스삑 투 메어리
메어리 좀 바꿔주세요.

Is this Tom?
이즈디스 탐
탐이에요?

May I leave a message?
메이아이 리 버 메씨쥐
메시지를 남겨도 될까요?

Can I take a message?
캐나이 테이커 메시쥐
전할 말씀 있으세요?

You have the wrong number.
유 햅 더 롱 넘버
전화 잘못 거셨습니다.

How can I make a collect call?
하우 캐나이 메이커 컬렉트 콜
수신자 부담 전화는 어떻게 걸죠?

You can make a collect call to Korea.
유 캔 메이커 컬렉트 콜 투 코리아
당신은 한국으로 수신자 지불통화를 할 수가 있습니다.

What number and to whom do you wish to speak?
윗 넘버 앤 투 훔 두 유 위쉬 투 스삑
몇 번 누구와 통화하길 원하세요?

You have a collect call from In-Su Kim.
유 해 버 컬렉트 콜 프럼 인수 김
김인수로부터 콜렉트 콜 왔습니다.

Will you accept it?
윌 유 억셉팃
받으시겠어요?

Will you accept the charge?
윌 유 억 트 더 촤지
요금을 받아들이시겠어요?

Collect calls are the same as person-to-person calls.
컬렉트 콜즈 아 더 쎄임 애즈 퍼슨 투 퍼슨 콜즈
콜렉트 콜은 지명통화와 요금이 같습니다.

I'd like to make a collect call to Seoul, Korea.
아이드라익투 메이커 컬렉트 콜 투 서울 코리아
나는 한국 서울로 콜렉트 콜을 하고 싶습니다.

Where is the taxi stand?
웨어리즈 더 택시 스탠드
택시 타는 곳은 어디입니까?

Where can I take a taxi?
웨어 캔 아이 테이커 택시
택시는 어디에서 타죠?

Where can I take you?
웨어 캔 아이 테이큐
어디로 모실까요?

To this address.
투 디스 어드레스
이 주소로 가주세요.

How long does it take to get there?
하우 롱 더즈 잇 테익 투 겟 데어
거기까지 도착하는데 시간이 얼마나 걸리나요?

How much is the fare?
하우 머치 이즈 더 페어
요금이 얼마죠?

Please keep the change.
플리즈 킵 더 체인쥐
거스름돈은 가지세요.

14 버스 타기

Where can I get on a bus?
웨어 캐나이 게로 너 버스
어디에서 버스를 탈 수 있죠?

I want to take a sightseeing bus.
아이 워너 테이커 싸잇씽 버스
저는 관광버스 타기를 원합니다.

May I have a bus route map?
메이아이 해버 버스 룻 맵
버스노선 지도 있나요?

Where can I catch the bus to Oxford?
웨어 캐나이 캐취 더 버스 투 악스포드
옥스퍼드로 가는 버스 어디서 탈 수 있나요?

How often is the No. 40 bus?
하우 오픈 이즈 더 넘버 퍼리버스
40번 버스는 얼마나 자주 오죠?

Where can I get a bus ticket?
웨어 캐나이 게러 버스 티킷
버스표는 어디서 살 수 있나요?

I'll get off at the next bus stop.
아일 게로프 앳더 넥스트 버스스땁
다음 정류장에서 내리겠습니다.

Is there a subway station near here?
이즈데어러 써브웨이 스떼이션 니어히어
이 근처에 지하철역 있습니까?

Which line goes to Joyce station?
위치 라인 고우즈투 조이스 스떼이션
어느 선이 조이스 역으로 가죠?

Take the number 2 line.
테익 더 넘버 투 라인
2호선을 타십시오.

Where can I buy a ticket?
웨어 캐나이 바이어 티킷
어디서 표를 살 수 있죠?

Where should I change trains?
웨어 슈다이 체이쥐 츠레인즈
어디서 열차를 갈아타야 하죠?

Which track is for Central Park?
위치 츠랙 이즈 퍼 쎈츠럴 파크
어느 트랙이 센트럴 파크 가는 거죠?

Is this for Metro Town?
이즈디스 퍼 메츠로 타운
이게 메트로 타운 가는 겁니까?

What's the next station?
워츠 더 넥스트 스떼이션
다음 역은 어디죠(역 이름)?

16 음식점

Can you recommend a good restaurant near here?
캐뉴 레코멘드 어 굿 레스또란(트) 니어 히어
이 근처에 괜찮은 레스토랑을 소개해 주실래요?

What kind of food would you like to eat?
윗 카이너브 풋 우 쥬 라익 투 잇
어떤 종류의 음식을 드시겠어요?

Would you show me the menu?
우 쥬 쇼우 미 더 메뉴
메뉴 좀 보여주시겠어요?

What is the specialty of this restaurant?
워리즈 더 스뻬셜티 어브디스 레스또란(트)
이 레스토랑에서 특히 잘하는 음식은 뭐죠?

Do you have a table for three?
두 유 해 버 테이블 퍼 뜨리
3인용 식탁 있습니까?

Are you ready to order?
아 유 뤠디 투 오더
주문하시겠어요?

I'll have the same.
아일 햅 더 쎄임
같은 걸로 들겠습니다.

Can I have the bill?
캐나이 해브더 빌
계산서 좀 주실래요?

Check, please.
첵 플리즈
계산서 부탁해요.

There's a mistake in the bill.
데어즈 어 미스테익 인더 빌
계산서에 잘못된 게 있는데요.

I didn't order this.
아이 디든 오더 디스
저는 이걸 주문하지 않았는데요.

Is it including the service charge?
이즈잇 인클루딩 더 써비스 차쥐
봉사료는 포함되어 있는 건가요?

Do you accept this credit card?
두 유 억셉트 디스 크래딧 카드
이 신용카드 받나요?

Sure. No problem.
쉬어 노 프라블럼
물론이죠. 전혀 문제되지 않습니다.

I got the wrong change.
아이갓 더 롱 체인쥐
거스름돈이 틀렸네요.

_____ **Is there a fast food store nearby?**
이즈 데어러 패스트 푸드 스또어 니어바이
근처에 패스트푸드 식당 있나요?

_____ **Two hamburgers and two small cokes, please.**
투 햄버거즈 앤 투 스몰 코우크즈 플리즈
햄버거 두 개와 작은 사이즈 콜라 두 개 주세요.

_____ **For here or to go?**
퍼 히어 오어 투 고우
여기서 드릴 건가요 아니면 가지고 가실 건가요?

_____ **Here, please.**
히어 플리즈
여기서 먹을 겁니다.

_____ **I'd like white bread.**
아이드라익 와이트 브렛
흰 빵을 원합니다.

_____ **Put cheese in the sandwich, please.**
풋 치즈 인 더 쌘위치 플리즈
샌드위치에는 치즈를 넣어주세요.

_____ **Do you want anything else?**
두 유 원트 에니띵 엘스
뭐 다른 것 원하는 것 있으세요?

_____ **That's all.**
대츠 올
그게 전부입니다.

19 관광 안내소

Could you tell me where the Tourist Information Office is?
쿠 쥬 텔 미 웨어 더 투어리슷 인퍼메이션 아피스 이스
관광안내소가 어디에 있는지 가르쳐 주시겠어요?

I am a stranger here.
아이에머 스뜨레인줘 히어
저는 이곳이 초행입니다.

Where am I?
웨어 레마이
여기가 어디죠?

How can I get there?
하우 캐나이 겟 데어
거기에 어떻게 가야 되나요?

Take the subway train over there.
테익 더 써브웨이 츠레인 오버데어
저쪽에서 지하철을 타세요.

It's about a 5 minute walk.
이츠 어바우러 파이브 미닛 웍
걸어서 5분 정도 걸립니다.

Go straight on this road and turn right at the intersection.
고우 스뜨레잇 언디스로우드 앤 턴 롸잇 앳 디 인터쎅션
이 길을 곧장 가서 교차로에서 오른쪽으로 도세요.

20 명소 관광

_____ **Could you tell me some interesting places?**
쿠 쥬 텔 미 썸 인터레스팅 플레이씨즈
흥미로운 곳 몇 군데를 말씀해주실래요?

_____ **Do you have a sightseeing brochure?**
두 유 해버 싸잇씽 브로우셔
두 유 해버 싸잇씽 브로우셔

_____ **What kind of tours do you have?**
윗 카이너브 투어즈 두 유 햅
어떤 종류의 관광들이 있습니까?

_____ **Is it possible to hire a guide?**
이짓 파써블 투 하이어러 가이드
가이드를 고용하는 것이 가능한가요?

_____ **What should I see in this city?**
윗 슈다이 씨 인 디스 씨디
이 도시에서 뭘 보아야 할까요?

_____ **Do you have a Korean speaking guide?**
두 유 해 버 코리언 스삐킹 가이드
한국말을 하는 가이드가 있나요?

_____ **May I take pictures here?**
메이아이 테익 픽처즈 히어
여기서 사진을 찍어도 됩니까?

Can I help you?
캐나이 헬퓨
<u>도와드릴까요?</u>

I'm just looking.
아임 저슷 루킹
<u>전 다만 구경하는 겁니다.</u>

I'm just window shopping.
아임 저슷 윈도우 샵핑
<u>전 다만 구경하는 건데요.</u>

What kind are you looking for?
윗 카인 아 유 루킹 퍼
<u>어떤 종류를 찾고 계시죠?</u>

I'd like to buy a bag.
아이드라익투 바이어 백
<u>가방을 사려고 하는데요.</u>

How much is it (altogether)?
하우 머치 이짓 (올투게더)
<u>(전부) 얼마입니까?</u>

Can you reduce the price?
캐뉴 리듀스 더 프라이스
<u>싸게 해줄 수 있나요?</u>

_____ **Can I try this on?**
캐나이 츠라이 디스 언
한번 입어봐도 될까요?

_____ **Where is the fitting room?**
웨어리즈 더 피딩 룸
탈의실이 어디죠?

_____ **What size do you wear?**
윗 싸이즈 두 유 웨어
싸이즈 두 유 웨어

_____ **I'm not sure of my size?**
아임 낫 슈어러브 마이 싸이즈
내 사이즈를 잘 모르겠어요.

_____ **It seems a little long.**
잇 심즈 어 리를 롱
길이가 좀 긴 것 같아요.

_____ **Can you adjust the length?**
캐 뉴 어저슷 더 렝쓰
길이를 고쳐주시겠어요?

I'd like to exchange this.
아이드라익투 익스체인쥐 디스.
__이것을 교환하고 싶은데요.__

I'd like to return this.
아이드라익투 뤼턴 디스
__이것을 반품하고 싶습니다.__

Can I exchange this?
캐나이 익스체인쥐 디스
__이걸 교환해주실 수 있나요?__

Do you have the receipt?
두 유 햅 더 리씻
__영수증 있으세요?__

I'd like a refund for this sweater.
아이드라이커 리펀드 퍼디스 스웨러
__이 스웨터를 환불 받고 싶습니다.__

Here's the receipt.
히어즈 더 리씻
__여기 영수증 있습니다.__

It's ripped.
이츠 립트
__찢어졌네요.__

It's broken.
이츠 브로큰
__깨졌군요.__

I'd like to rent a car.
아이드라익투 렌트어카
차를 빌리고 싶습니다.

What kind of car would you like?
윗 카이너브 카 우 쥬 라익
어떤 종류의 차를 원하세요?

What size car do you need?
윗 싸이즈 카 두 유 닛
어떤 사이즈의 차가 필요합니까?

A small car.(A medium-sized car.)
어 스몰 카 (어 미디엄 싸이즈드카)
소형차요(중형차요).

I'd like to rent this car for 7 days.
아이드라익투 렌트 디스카 퍼 쎄븐 데이즈
이 차를 7일간 빌리고 싶습니다.

If available, I'd like an automatic.
이퍼베일러블 아이드라이컨 오로매릭
가능하다면 오토매틱(자동)을 원합니다.

Does this rate include insurance?
더즈 디스 뤠잇 인클룻 인슈어런스
더즈 디스 뤠잇 인클룻 인슈어런스

25 편지나 엽서 보내기

I'd like to send this letter to Korea.
아이드라익투 쎈드 디스레러 투 코리어
나는 이 편지를 한국에 보내고 싶습니다.

Where is the post office?
웨어리즈 더 포스타피스
우체국이 어디에 있죠?

Where can I buy stamps?
웨어 캐나이 바이 스탬스
우표는 어디에서 살 수 있나요?

I'd like to send this letter registered.
아이드라익투 쎈드 디스레러 레지스터드
이 편지를 등기로 보내고 싶습니다.

I'd like to send this by express mail.
아이드라익투 쎈디스 바이 익스프레스메일
이걸 속달로 보내길 원합니다.

What's the postage for this letter?
워츠 더 포스티쥐 퍼 디스레러
이 편지의 우편요금은 얼마입니까?

This is fragile.
디스이즈 프레절(자일)
이것은 깨지기 쉽습니다.

I have a high fever.
아이 해버 하이 피버
저는 고열이 납니다.

I have a terrible headache.
아이 해버 테러블 헤드에익
머리가 몹시 아픕니다.

I think I have a cold.
아이 띵 아이 해버 코울드
감기에 걸린 것 같습니다.

Is there a hospital nearby?
이즈데어러 하스피덜 니어바이
근처에 병원이 있습니까?

Please call a doctor.
플리즈 콜 러 닥터ㄹ
의사를 불러주십시오.

What seems to be the problem?
윗 씸즈 투 비 더 프라블럼
어디가 문제인 것 같아요?

What symptoms do you have?
윗 씸텀즈 두 유 햅
어떤 증상이 있죠?

I have a terrible toothache.
아이 해버 테러블 투쓰에이크
저는 치통이 심합니다.

I want to see the dentist.
아이 워너 씨 더 덴티시트
치과의사의 진찰을 받고 싶습니다.

Do you have an appointment?
두 유 해 번 어포인먼(트)
예약을 하셨습니까?

I feel awful.
아이 필 오플
끔찍하게 아픕니다.

It's very urgent.
이츠 베리 어전트
매우 시급합니다.

The dentist is very busy at the moment.
더 덴티스티즈 베리 비지 앳 더 모우먼(트)
의사는 지금 매우 바쁩니다.

Please relieve me from any pain.
플리즈 릴리브 미 프럼 에니 페인
고통을 좀 덜어주세요.

Where is the pharmacy(drugstore)?
웨어리즈 더 파머씨(드럭스또어)
약국이 어디에 있습니까?

May I have a prescription?
메이아이 해버 프리스크립션
처방전을 주시겠어요?

I'd like this prescription filled.
아이드라익 디스프리스크립션 필드
이 처방전을 조제해주시기 바랍니다.

I'd like some medicine for indigestion.
아이드라익 썸 메디씬 퍼 인디제스쳔
소화제를 원합니다.

How often do I take this?
하우 오픈 두 아이 테익디스
얼마나 자주 복용합니까?

Three times a day after(before) meals please.
뜨리 타임즈 어데이 애프터(비포어) 미일즈 플리즈
하루에 세 번 식후(식전)에 복용하세요.

What food should I avoid?
윗 푸드 슈다이 어보이드
어떤 음식을 피해야 합니까?

My handbag was stolen.
마이 핸드백 워즈 스또울른
<u>핸드백을 도둑 맞았어요.</u>

Call the police, please.
콜더 폴리스 플리즈
<u>경찰을 불러주세요.</u>

Where is the lost and found?
웨어리즈 더 로스탠 파운드
<u>분실물 신고서는 어디에 있죠?</u>

My wallet was picked.
마이 월릿 워즈 픽트
<u>지갑을 소매치기 당했어요.</u>

I lost my passport.
아이로슷 마이 패스포트
<u>여권을 분실했습니다.</u>

Can you identify him?
캐 뉴 아이덴티파이힘
<u>그를 알아볼 수 있습니까?</u>

When did you lose it?
웬 디 쥬 루짓
<u>그걸 언제 분실했습니까?</u>

30 사진 촬영

_____ **Can I take pictures here?**
캐나이 테익 픽춰즈 히어
여기서 사진을 찍어도 됩니까?

_____ **Can You take a picture of us(me)?**
캐 뉴 테이커 픽춰 러브어즈(미)
우리들(내) 사진 좀 찍어줄 수 있어요?

_____ **Just press this button.**
저슷 프레스 디스 버튼
저슷 프레스 디스 버튼

_____ **Do I need to focus?**
두아이 닛투 포커스
초점을 맞출 필요가 있습니까?

_____ **Can I use a flash here?**
캐나이 유저 플래쉬 히어
여기서 플래쉬를 사용해도 됩니까?

_____ **Can you take my picture in front of the statue?**
캐 뉴 테익 마이 픽춰 인프러너브 더 스태츄
조각상 앞에서 제 사진을 찍어주시겠습니까?

_____ **Say cheese.**
쎄이 치즈
치즈라고 말하여 미소 지으세요.

I'd like to see a movie tonight.
아이드라익투 씨어 무비 투나잇
<u>오늘 밤 영화를 보고 싶군요.</u>

How about going to the movies tonight?
하우 어바웃 고잉 투 더 무비즈 투나잇
<u>오늘 밤 영화구경 갈까?</u>

What movies are on tonight?
왓무비즈 아 언 투나잇
<u>오늘 밤 무슨 영화가 상영됩니까?</u>

How long is the movie?
하우 롱 이즈더 무비
<u>영화상영 시간은 얼마나 긴가요?</u>

What time does the evening show begin?
타임 더즈 더 이브닝 쇼우 비긴
<u>밤 상영은 몇 시에 시작하나요?</u>

When does the next show start?
웬 더즈 더 넥슷 쇼우 스따트
<u>다음 상영은 몇 시에 시작됩니까?</u>

Where can I get a ticket?
웨어 캐나이 게러 티킷
<u>표는 어디서 사죠?</u>

32 머리 깎기

I'd like to get my hair cut.
아이드라익투 겟마이헤어컷
머리를 까기 원합니다.

How would you like to have your hair cut?
하우 우 쥬 라익 투 해뷰어 헤어 컷
머리를 어떻게 하시겠어요?

I just want a haircut, please.
아이 저슷 워너 헤어컷 플리즈
이발만 하기를 원합니다.

A haircut and a shave, please.
어 헤어컷 애너 셰이브 플리즈
이발과 면도를 해주세요.

How would you like your perm?
하우 우 쥬 라이큐어 펌
파마를 어떻게 해드릴까요?

Just a trim.
저스터 츠림
약간만 다듬어주세요.

I'd like my ears to show.
아이드라익 마이이어즈 투쇼우
귀가 보이게 하기를 원합니다.

I'd like to rent this apartment.
아이드라익투 렌트 디스 아파트먼트
이 아파트를 세내고 싶습니다.

How much is the rent?
하우 머치 이즈 더 뤤트
집세는 얼마입니까?

When can I see the apartment(house)?
웬 캐나이 씨 디 아파트먼트(하우스)
언제 그 아파트(집)를 볼 수 있나요?

Are utilities included in the rent?
아 유틸리티즈 인클루딧 인더 뤤트
집세에 광열비가 포함되어 있습니까?

Is there a maintenance fee?
이즈 데어러 메인티넌스 피
관리비가 있습니까?

Is a security deposit required?
이저 씨큐러티 디파짓 리콰이어드
보증금이 필요합니까?

What size apartment are you looking for?
윗 싸이즈 아파트먼트 아 유 루킹 퍼
얼마나 큰 아파트를 찾고 있습니까?

How long is the lease?
하우 롱 이즈 더 리즈
계약기간은 얼마 동안이죠?

I'd like to send this letter to Korea.
아이드라익투 쎈드 디스레러 투 코리어
이 편지를 한국으로 보내고 싶습니다.

Where is the post office?
웨어리즈 더 포스트아피스
우체국이 어디에요?

Where can I buy stamps?
웨어 캐나이 바이 스탬스
우표는 어디에서 살 수 있나요?

I'd like this letter registered.
아이드라익 디스레러 레지스터드
이 편지를 등기로 보내고 싶습니다.

I'd like to send this by express mail.
아이드라익투 쎈디스 바이 익스프레스메일
이걸 속달로 보내길 원합니다.

Airmail or seamail?
에어메일 오어 씨메일
항공우편입니까 선편우편입니까?

What's the postage for this letter?
윗츠 더 포스티쥐 퍼 디스 레러
이 편지의 우편요금은 얼마입니까?

This is fragile?
디스이즈 프레자일
이것은 깨지기 쉽습니다.

I'd like to open an account.
아이드라익투 오픈어너카운트
<u>**구좌를 개설하고 싶습니다.**</u>

I'd like to cash some traveler's checks.
아이드라익투 캐쉬 썸 츠래블러즈 첵스
<u>**여행자 수표를 현금으로 바꾸고 싶습니다.**</u>

What kind of account would you like to open?
윗 카이너브 어카운트 우 쥬 라익투 오픈
<u>**어떤 종류의 구좌를 개설하길 원하십니까?**</u>

I'd like to open a savings account.
아이드라익투 오프너 쎄이빙즈 어카운트
<u>**보통예금 구좌를 만들고 싶습니다.**</u>

I'm going to deposit $50.
아임 고잉 투 디파짓 피프티 달러즈
<u>**50달러를 예금하려고 합니다.**</u>

I'd like to know my bank balance.
아이드라익투 노우 마이 뱅크 밸런스
<u>**예금 잔고를 알고 싶습니다.**</u>

I'd like to transfer some money.
아이드라익투 트랜스퍼 썸 머니
<u>**송금하기를 원합니다.**</u>

I'd like to withdraw some money.
아이드라익투 위드로 썸 머니
<u>**돈을 인출하기를 원합니다.**</u>

I'd like to make a reconfirmation for my flight.
아이드라익투 메이커 리컨퍼메이션 퍼 마이 플라잇
저는 항공권 예약을 재확인하고 싶습니다.

I want to reconfirm my reservation.
아이 워너 리컨펌 마이 레저베이션
예약을 재확인하길 원합니다.

Do you have a ticket?
두 유 해버 티켓
항공권은 가지고 있습니까?

Yes, I do.
예스 아이두
네 가지고 있습니다.

Your name and flight number, please.
유어 네임 앤 플라잇 넘버 플리즈
당신의 이름과 항공기 번호를 말해주세요.

You're reconfirmed.
유어 리컨펌드
예약을 재확인했습니다.

I see. Thank you.
아이씨 땡큐
알겠습니다. 감사합니다.

Excuse me. I want to change the flight.
익스큐즈미 아이 워너 체인쥐 더 플라잇
실례합니다. 항공권을 변경하길 원합니다.

I'd like to change my reservation on my flight.
아이드라익투 체이쥐 마이 레저베이션 언마이플라잇
항공기 예약을 변경하고 싶습니다.

What's your flight number and the orignal departure date?
윗츠 유어 플라잇 넘버 엔 더 오리지널 디파춰 데잇
당신의 항공편 번호와 기존 출발일을 말씀해주실래요?

I'd like to change my flight to the afternoon flight.
아이드라익투 체인쥐 마이플라잇 투디애프터눈 플라잇
오후 항공편으로 비행기를 변경하고 싶습니다.

I'm sorry, but that flight is fully booked up.
아임쏘리 벗 댓 플라이리즈 풀리 북텁
미안합니다만, 그 항공편은 예약이 다 완료되었습니다.

Would you put my name on the waiting list?
우 쥬 풋 마이 네임 언 더 웨이딩 리스트
제 이름을 대기자 명단에 넣어주실래요?

I'd like to cancel my reservation.
아이드라익투 캔쓸 마이 레저베이션
예약을 취소하고 싶습니다.

Can I check in here?
캐나이 체크인 히어
여기서 탑승 수속 할 수 있습니까?

May I have your ticket?
메이아이 해뷰어 티킷
탑승권 좀 보여주실래요?

Yes, here it is.
예스 히어리디즈
예, 여기 있습니다.

Can I carry this in the cabin?
캐나이 캐리 디스 인 더 캐빈
이것을 기내에 가지고 들어갈 수 있나요?

How much must I pay for the extra weight?
하우 머치 머스타이 페이 퍼 더 엑스트라 웨잇
초과되는 짐의 요금은 얼마를 내야하나요?

When is the boarding time?
웨니즈 더 보딩 타임
탑승하는 시간은 몇 시부터 인가요?

Is this the boarding gate for Jal12?
이즈디스 더 보딩 게잇 퍼 잘트웰브
이곳이 잘 12편 탑승 게이트입니까?

Yes, it is.
예스 이리즈
네, 그렇습니다.

2부

일상회화
영어표현

Hi.
하이.
<u>안녕하세요</u>

Hello.
헬로우
<u>안녕하세요.</u>

Good morning
굿 모닝
<u>안녕하세요(아침 인사)</u>

Good afternoon.
굿 애프터눈
<u>안녕하세요(오후 인사).</u>

Good evening.
굿 이브닝
<u>안녕하세요(저녁 인사)</u>

Good night.
굿 나잇
<u>안녕히 주무세요</u>

2 작별 인사

_____ **Good-bye.**
굿바이
안녕히 가세요.

_____ **Bye.**
바이
안녕.

_____ **See you.**
씨유
안녕.

_____ **See you later.**
씨 유 레이러
나중에 만나요.

_____ **See you tomorrow(next week).**
씨 유 터마로우 (넥스트 윅)
내일 만나요.(다음 주에)

_____ **See you at 7.**
씨 유 앳 쎄븐
7시에 만나요.

_____ **Have a nice a day(weekend).**
해 버 나이스 데이(위켄드)
좋은 하루 보내세요(좋은 주말).

How do you do?
하우 두 유 두
처음 뵙겠습니다.

Nice to meet you.
나이스 투 미 츄
만나서 반가워요.

Nice to meet you, too.
나이스 투 미 츄 투
저도 역시 만나서 반가워요.

Let me introduce myself.
렛 미 인츠러듀스 마이쎌프
저를 소개하겠습니다.

My name is Jin-Su Kim.
마이 네이미즈 진수 김
제 이름은 김진수입니다.

I am from Korea.
아이엠 프럼 코리아
저는 한국에서 왔어요.

This is my friend, Smith.
디스이즈 마이프렌드 스미스
이 사람은 제 친구 스미스입니다.

4 못 알아들었을 때

Pardon me?
파든 미
다시 한번 말씀을?

Pardon?
파든
다시 말씀을?

I'm sorry I didn't catch what you said.
아임 쏘리 아이디든 캐취 워 류 쎘
미안합니다만 말씀하신 것을 알아듣지 못했습니다.

Would you please write it down?
우 쥬 플리즈 라이딧 다운
그걸 써 주시겠습니까?

How do you spell that?
하우 두 유 스뻴 댓
그건 철자가 어떻게 되나요?

Can you speak more slowly?
캐 뉴 스뻭 모어 슬로울리
좀더 천천히 말씀해주시겠어요?

Can you speak a little louder?
캐 뉴 스뻭 어 리를 라우더
좀 더 크게 말씀해주시겠어요?

Thank you (very much).
땡 큐 (베리 머취)
감사합니다.(매우)

Thanks (a lot).
땡스 (어랏)
감사해요.(매우)

Thank you for your kindness.
땡 큐 퍼 유어 카인니스
당신의 친절에 감사드립니다.

Thanks for calling.
땡스 퍼 콜링
전화해주셔서 감사합니다.

Thanks for coming.
땡스 퍼 커닝
와 주셔서 감사합니다.

Not at all.
나 래 롤
천만에요.

You're welcome.
유어 웰컴
천만에요.

Sorry.
쏘리
미안해요.

I am very sorry.
아이엠 베리 쏘리
대단히 죄송합니다.

Excuse me.
익스큐즈 미
실례합니다.

I'm sorry I'm late.
아임 쏘리 아임 레잇
늦어서 미안합니다.

I'm sorry to bother you.
아임 쏘리 투 바더 유
귀찮게 해서(폐를 끼쳐서) 죄송합니다.

Sorry to interrupt you.
쏘리 투 인터럽츄
방해해서 죄송합니다.

That's all right.
대츠 올 롸잇
괜찮습니다.

May I ask a favor of you?
메이아이 애스커 페이버러브유
제가 부탁 한 가지 해도 될까요?

Do you mind if I open the window?
두 유 마인드 이프아이 오픈더 윈도우
제가 창문을 열어도 될까요(괜찮을까요)?

No, of course not.
노우 어브코ㄹ스 낫
물론 괜찮습니다.

May I help you?
메이 아이 헬퓨
도와드릴까요?

May I use your telephone?
메이아이 유즈유어 텔러폰
전화 좀 사용해도 될까요?

Can I sit down here?
캐나이 씻 다운 히어
여기에 앉아도 될까요?

Sure.(No problem)
슈어(노 프라블럼)
물론이죠(괜찮아요)

I agree with you.
아이 어그리 위드 유
동의합니다.

I think so.
아이 띵 쏘우
저도 그렇게 생각합니다.

Really?
릴리
정말이에요?

Is that so?
이즈댓 쏘우
그래요?

That's right.
대츠 라잇
맞아요.

That's great.
대츠 그뤠잇
멋져요.

I hope so.
아이홉 쏘우
그렇게 되길 바래요.

How can I contact you?
하우 캐나이 컨택트 유
당신에게 어떻게 연락할 수 있죠?

How can I reach you?
하우 캐나이 리치 유
어떻게 당신과 연락할 수 있나요?

What's your phone number?
워츠 유어 폰 넘버
전화번호가 어떻게 되시죠?

I'm afraid I don't know.
아임 어프레이드 아이돈노우
잘 모르겠는데요.

Would you repeat that number?
우 쥬 뤼핏 댓 넘버
우 쥬 뤼핏 댓 넘버

Do you have his phone number?
두 유 햅 히즈 폰 넘버
그의 전화번호를 알고 있어요?

Did you call his office?
디 쥬 콜 히즈 아피스
그의 사무실에 전화해봤어요?

Where are you from?
웨어 라유 프럼
어디 출신이시죠? (어디에서 오셨어요)

Where do you come from?
웨어 두 유 컴 프럼
어디 출신이시죠?(어디에서 오셨어요)

What's your nationality?
워츠 유어 내셔낼러티
국적이 어디십니까?

May I ask your name?
메이 아이 애스큐어 네임
성함이 어떻게 되시죠?

What's your first name?
워츠 유어 퍼스뜨 네임
이름이 뭐죠?

What's your last name?
워츠 유어 래스뜨 네임
성이 뭐죠?

Are you American?
아 유 어메리컨
당신은 미국인이세요?

What do you do?
윗 두 유 두
직업이 뭐죠?

What do you do for a living?
윗 두 유두 퍼러 리빙
직업이 뭐죠?

Where do you work?
웨어 두 유 웍
직업이 뭐죠?

What's your job?
워츠 유어 잡
직업이 뭐죠?

What's your occupation?
워츠 유어 아큐페이션?
직업이 뭐죠?

What kind of job do you have?
윗 카이너브 잡 두 유 햅
어떤 일을 하시죠?

What company are you working for?
윗 컴퍼니 아 유 워킹 퍼
어떤 회사에서 일하고 계시죠?

How many are there in your family?
하우 메니 아 데어 이뉴어 패밀리
가족이 몇 명이죠?

There are 5 in my family.
데어 라 파이브 인마이 패밀리
우리 식구는 5명입니다.

I have two girls and a boy.
아이햅 투 걸즈 애너 보이
딸 둘과 아들 하나가 있습니다.

How many children do you have?
하우 메니 칠드런 두 유 햅
자녀가 몇 명이나 됩니까?

I have one son.
아이햅 원 썬
아들이 하나 있습니다.

How many brothers and sisters do you have?
하우 메니 브라더즈 앤 씨스터즈 두 유 햅
형제 자매는 몇 명입니까?

I have one son.
아이햅 원 썬
아들이 하나 있습니다.

Are you married?
아 유 매리드
결혼하셨나요?

Are you single?
아 유 씽글
당신은 독신이세요?

Are you married or single?
아 유 매리드 오어 씽글
결혼하셨나요, 아니면 미혼이신가요?

Do you have any children?
두 유 햅 에니 칠드런
자녀가 있으신가요?

I'm not married.
아임 낫 매리드
저는 결혼 안 했습니다.

I'm engaged to Tom.
아임 인계이지드 투 탐
저는 탐과 약혼했어요.

None of your bussiness.
너너브 유어 비지니즈
참견마세요.

What's your hobby?
워츠 유어 하비
취미가 뭐죠?

I like reading and listening to music.
아이라익 뤼딩 앤 리스닝 투 뮤직
저는 독서와 음악감상을 좋아합니다.

How do you spend your free time?
하우 두 유 스뻰 유어 프리타임
여가 시간을 어떻게 보내십니까?

Do you collect anything?
두 유 콜렉트 에니띵
뭔가를 수집하십니까?

What are you interested in?
워 라 유 인터레스티딘
뭐에 관심이 있으시죠?

I'm a member of a health club.
아이머 멤버러브 어 헬스클럽
저는 헬스클럽 회원입니다.

What kind of movie do you like best?
윗 카이너브 무비 두 유 라익 베스
어떤 영화를 가장 좋아하십니까?

What time is it?
워타임 이즈잇
몇 시 입니까?

Do you have the time?
두 유 햅 더 타임
몇 시죠?

Do you know the time?
두 유 노우 더 타임
몇 시죠?

What time do you have?
워 타임 두 유 햅
워 타임 두 유 햅

It's 5 past 7.
이츠 파이브 패스트 쎄븐
7시 5분입니다.

It's seven ten.
이츠 쎄븐 텐
7시 10분입니다.

It's 5 to 8.
이츠 파이브 투 에잇
8시 5분 전입니다.

How's the weather today?
하우즈 더 웨더 투데이
__오늘 날씨가 어때요?__

It's fine.
이츠 파인
__날씨가 맑아요.__

What's the forecast for today?
워츠 더 퍼어캐스트 퍼 투데이
__오늘의 일기예보에서는 뭐라고 해요?__

It's cloudy.
이츠 클라우디
__날씨가 흐립니다.__

It's windy.
이츠 윈디
__이츠 윈디__

It's raining.
이츠 뤠이닝
__비가 내리고 있습니다.__

It's hot.
이츠 핫
__덥습니다.__

Congratulations!
컨그래츌레이션즈
축하합니다.

Congratulations on your promotion!
컨그래츌레이션즈 어뉴어 프러모우션
승진을 축하드립니다.

Congratulations on your graduation!
컨그래츌레이션즈 어뉴어 그래쥬에이션
당신의 졸업을 축하드립니다.

Congratulatons on your new baby!
컨그래츌레이션즈 어뉴어 뉴 베이비
아기의 탄생을 축하드립니다.

Happy birthday!
해삐 버스데이
생일을 축하합니다.

Cheers!
치어즈
건배!

To our health!
투 아우어 헬스!
우리의 건강을 위하여!

18 초대

I'd like to invite you to my home.
아이드라익투 인바이츄 투마이호움
당신을 저의 집으로 초대하고 싶습니다.

Sure. I'll be glad to come.
슈어 아일비 글랫투컴
그럼요. 기꺼이 찾아뵙겠습니다.

Can you come to dinner at our house tomorrow night?
캐 뉴 컴 투 디너 애라우어 하우즈 터마로 나잇
내일 밤 우리 집에 저녁 식사 하러 올 수 있어요?

I'm sorry I can't come.
아임 쏘리 아이 캔트 컴
미안하지만 갈 수 없어요.

I'm sure I can come.
아임 슈어 아이 큰 컴
물론 갈 수 있습니다.

Thank you for inviting me.
땡 큐 퍼 인바이딩 미
초대해주셔서 감사합니다.

It's a housewarming party.
이츠어 하우스워밍 파리
그건 집들이 파티입니다.

Please come in.
플리즈 커민
어서 들어오세요.

Thank you for inviting me.
땡 큐 퍼 인바이딩 미
초대해줘서 감사합니다.

Welcome to my house.
웰컴 투 마이 하우즈
저의 집에 오신 것을 환영합니다.

Make yourself at home.
메이큐어쎌프 애롬
마음 편히 하세요.

You have a very nice home.
유 해버 베리 나이스 홈
집이 참 멋지군요.

It's my pleasure to have you.
이츠 마이 플레줘 투 해뷰
당신을 모시게 되어 기쁩니다.

May I take your coat?
메이아이 테이큐어 코우트
코트를 받아드릴까요?

Please help yourself.
플리즈 헬퓨어쎌프
__마음껏 드세요.__

Please help yourself to the cake.
플리즈 헬퓨어쎌프 투 더 케익
__케익을 마음껏 드세요.__

What would you like to eat?
윗 우 쥬 라익 투 잇
__뭘 드시겠습니까?__

Please pass me the salt.
플리즈 패스 미 더 쏠트
__소금 좀 건네 주세요.__

This is delicious.
디스이즈 딜리셔스
__이거 맛있군요.__

May I have some more water?
메이아이 햅 썸 모어 워러
__물 좀 더 주시겠어요?__

No, thank you. I'm full.
노 땡 큐 아임 풀
__아닙니다. 배가 부릅니다.__

Would you like coffee?
우 쥬 라익 커피
커피 드실래요?

Do you take sugar or cream in your coffee?
두 유 테익 슈거 오어 크림 이뉴어 커피
커피에 설탕이나 크림을 넣으세요?

One and a half teaspoon, please.
워내너 해프 티스뿐 플리즈
한 숟가락 반 넣어주세요.

Would you like something to drink?
우 쥬 라익 썸띵 투 즈링크
마실 것 좀 드시겠어요?

No, thank you.(Yes, please.)
노 땡 큐 (예스 플리즈)
노 땡 큐 (예스 플리즈)

Would you like some more?
우 쥬 라익 썸 모어
좀 더 드시겠어요?

That's enough for me.
대츠 이너프 퍼 미
저는 그만하면 됐어요.

What do you do in your free time?
윗 두 유 두 이뉴어 프리 타임
여가 시간에 뭘 하시나요?

How do you spend your leisure time?
하우 두 유 스뻰드 유어 레저 타임
여가 시간을 어떻게 보내세요?

What do you do in your spare time?
윗 두 유 두 이뉴어 스뻬어 타임
여가 시간에 뭘 하시죠?

I read or listen to music.
아이 뤼드 오어 리슨투 뮤직
독서를 하거나 음악을 듣습니다.

What kind of music do you like?
윗 카이너브 뮤직 두 유 라익
어떤 종류의 음악을 좋아하세요?

I watch TV and sometimes I go to the movies.
아이 워치 티비 앤 썸타임즈 아이 고우투더 뮤비즈
TV를 보거나 때로는 영화를 보러 갑니다.

I play tennis after school.
아이 플레이 테니스 애프터 스꿀
저는 방과 후에 테니스를 칩니다.

23 여가 시간 2

When is the most convenient time for you?
웨 니즈 더 모우스트 컨비니언 타임 퍼 유
가장 편리한 시간이 언제입니까?

What time would be best for you?
워타임 웃 비 베스트 퍼 유
몇 시가 가장 좋겠습니까?

Would you like to have lunch with me?
우 쥬 라익 투 햅 런치 위드 미
나와 함께 점심 식사를 하시겠어요?

Where do you want to meet?
웨어 두 유 워 너 밋
어디에서 만나기를 원하세요?

Any time in the evening will be fine.
에니 타임 인 디 이브닝 윌 비 파인
저녁이면 아무 때나 좋겠습니다.

How about noon?
하우 어바웃 누운
정오가 어때요?

Please call before you come.
플리즈 콜 비포어 유 컴
오기 전에 전화하세요.

Have you ever tried Korean food?
해 뷰 에버 츠라이드 코리언 훗
한국 음식 들어본 적 있으세요?

How about having some typical Korean food?
하우 어바웃 해빙 썸 티피컬 코리언 훗
전형적인 한국음식을 먹어보는 게 어때요?

Bulgogi is one of the typical Korean dishes.
불고기 이즈 워너브더 티피컬 코리언 디쉬이즈
불고기는 전형적인 한국요리 중의 하나입니다.

What have you tried?
워래브   유 츠라이드
뭘 먹어보셨나요?

How did you like it?
하우 디쥬   라이킷
맛이 어땠나요?

We Koreans like to eat fruit for dessert.
위 코리언즈 라익투 잇 후룻 훠 디저트
우리 한국인들은 후식으로 과일 먹는 걸 좋아합니다.

They serve excellent Korean food.
데이 써브 엑썰런트 코리언 훗
그곳의 한국음식은 맛이 뛰어납니다.

It smells good.
잇 스멜즈 굿
냄새가 좋군요.

How was your weekend?
하우 워즈 유어 위켄(드)
__주말을 어떻게 보냈어요?__

What did you do last weekend?
윗 디 쥬 두 래스트 위켄드
__지난 주말에 뭐 했어요?__

I watched a soccer game.
아이 워치터 싸커 게임
__난 축구경기를 보았어요.__

I ate at a Japanese restaurant.
아이에이태러 재퍼니즈 레스토란트
__일식집에서 식사를 했어요.__

What did you do there?
윗 디 쥬 두 데어
__거기서 무엇을 했어요?__

How did you get there?
하우 디 쥬 겟 데어
__그곳엔 어떻게 갔어요?__

I went by bus.
아이 웬 바이버스
__버스를 타고 갔어요.__

Where did you go?
웨어 디 쥬 고우
__어디엘 갔어요?__

Did you have a nice vacation?
디 쥬 해 버 나이스 버케이션
휴가 잘 보내셨어요?

When did you take your vacation?
웬 디 쥬 테이큐어 버케이션
언제 휴가를 가지셨나요?

How did you spend your vacation?
하우 디 쥬 스 듀어 버케이션
어떻게 휴가를 보내셨나요?

Where did you spend your vacation?
웨어 디 쥬 스 듀어 버케이션
어디에서 휴가를 보내셨나요?

I took a trip to Europe.
아이 투커 츠립 투 유럽
나는 유럽을 여행했습니다.

I made a lot of friends.
아이 메이드 어라러 프렌즈
나는 많은 친구를 사귀었습니다.

The whole family went camping in Sorak mountain.
더 호울 패밀리 웬 캠핑 인 서락 마운틴
온 가족이 설악산에 캠핑하러 갔었습니다.

We stayed for three days.
위 스떼이드 훠 쓰리 데이즈
우리는 삼일 간 묵었습니다.

I am off tomorrow.
아엠 오프 터마로우
<u>저는 내일 근무하지 않습니다.</u>

I'll take a day off next week.
아일 테이커데이 오프 넥스트윅
<u>난 다음 주에 하루 쉴 것입니다.</u>

I'm entitled to take a day off.
아임 인타이틀투 테이커 데이 오프
<u>나는 하루 쉴 자격이 있어요.</u>

When are you off?
웬 아 유 오프
<u>넌 언제 쉬는 날이니?</u>

I'm off on Friday.
아임 오프 언 프라이데이
<u>나는 금요일에 쉽니다.</u>

Do you work on weekends?
두 유 워 컨 위켄즈
<u>주말에도 일하니?</u>

I have every weekend off.
아이 햅 에브리 위켄더프
<u>나는 주말마다 쉽니다.</u>

Can I take tomorrow off?
캐나이 테익 터마로우 오프
<u>제가 내일 쉴 수 있을까요?</u>

What do you do when you're stressed?
윗 두유 두 웬 유어 스뜨레스트
스트레스 받으면 뭐 하세요?

I usually watch TV.
아이 유주얼리 워치 티비
나는 보통 TV를 봅니다.

I go to a singing room.
아이 고우 투어 씽잉 룸
나는 노래방에 갑니다.

I eat a lot of food.
아이 잇 얼라어 풋
나는 음식을 많이 먹습니다.

I date with my girl friend.
아이 데잇 위드 마이 걸 프렌드
난 여자친구와 데이트를 합니다.

I drink hard with my close friends.
아이 즈링크 하드 위드마이 클로우스 프렌즈
친한 친구들과 술을 심하게 마십니다.

When are you stressed out most?
웬 아 유 스뜨레스타웃 모우스뜨
당신은 언제 가장 스트레스를 받습니까?

When the traffic is terrible, I'm much stressed out?
웬 더 츠레픽 이즈 테러블 아임 머치 스뜨레스타웃
교통사정이 안 좋으면, 나는 스트레스를 많이 받아요.

You look depressed.
유 룩 디프레스트
__당신은 우울해 보이네요.__

I am depressed.
아이엠 디프레스트
__난 우울합니다.__

I'm disappointed with you.
아임 디써포인팃 위드 유
__나는 당신한테 실망했어요.__

Why the long face?
와이 더 롱 페이스
__왜 침울한 거죠?__

I won't let you down.
아이 워운트 레츄다운
__내가 당신을 실망시키지 않을 거예요.__

What's your problem?
윗츠 유어 프라블럼
__무슨 문제 있어요?__

Why do you look so worried?
와이 두 유 룩 쏘 워리드
__왜 걱정스런 표정이죠?__

Don't be sad.
도운 비 쌔드
__슬퍼하지 마세요.__

I had a bad day today.
아이 해더 배드데이 투데이
난 오늘 운이 안 좋았습니다.

Yesterday was Friday the 13th.
예스터데이 워즈 프라이데이 더 써틴쓰
어제는 13일의 금요일이었어요.

You look upset.
유 룩 업쎗
당신은 기분이 상해보입니다.

What happened?
윗 해펀드
무슨 일이 일어났어요?

I cut myself while I was shaving.
아이 컷 마이쎌프 와일아이워즈 쉐이빙
나는 면도를 하다가 베었어요.

That's too bad.
댓츠 투 뱃
안됐군요.

I'm sorry to hear that.
아임 쏘리 투 히어 댓
그 얘기를 들으니 유감이네요.

I'm not usually superstitious.
아임 낫 유주얼리 쑤퍼스티셔즈
나는 평소에는 미신적이 아니에요.

I love you.
아이 러브 유
당신을 사랑합니다.

I want you.
아이 원츄.
당신을 원합니다.

I need you.
아이 니쥬.
당신을 원합니다.

I love you a lot.
아이 러뷰 얼랏
당신을 무척 사랑합니다.

Love isn't everything.
러브 이즌 에브리
사랑이 전부가 아닙니다.

You don't understand me.
유 도운 언더스땐 미
당신은 나를 이해하지 못합니다.

I can give you everything.
아이캔 기뷰 에브리띵
나는 당신에게 모든 걸 줄 수 있습니다.

She's engaged.
쉬즈 인게이쥐드
그 여자는 약혼했습니다.

32 충고

You had better take my advice.
유 햇 베러 테익 마이 어드바이스
<u>당신은 내 충고를 받아들이는 게 좋겠어요.</u>

You had better stop smoking.
유 햇 베러 스땁 스모우킹
<u>당신은 담배를 끊는 편이 좋겠습니다.</u>

You should help your father.
유 슛 헬퓨어 파더
<u>당신은 아버지를 도와야만 합니다.</u>

Can I offer you advice?
캐나이 아퍼 유 어드바이스
<u>내가 충고를 해도 될까요?</u>

You ought to take a walk.
유 오 투 테이커 웍
<u>당신은 산책을 하는 게 좋겠어요.</u>

I advise you to start early.
아이 어드바이스 유 투 스땃 어얼리
<u>당신이 일찍 떠나기를 충고해드립니다.</u>

I suggest you take public transportation.
아이 써제슷 유테익 퍼블릭 트랜스포테이션
<u>당신이 대중교통을 이용하기를 제안합니다.</u>

Maybe you should go on a diet.
메이비 유 슛 고우 언어 다이엇
<u>당신은 다이어트를 해야 할 것 같습니다.</u>

It was on the book.
이워즈 언 더 북
그것은 책 위에 있었습니다.

The picture is on the wall.
더 픽춰 리즈 언 더 월
그림은 벽에 붙어 있었습니다.

The eraser is in the book.
디 이뤠이저리즈 인더 북
지우개는 책 속에 있습니다.

The large plant is behind the sofa.
더 라지 프랜티즈 비하인더 쏘파
큰 식물(화초)이 소파 뒤에 있습니다.

The cat is sleeping under the table.
더 캐리즈 슬리핑 언더 더 테이블
고양이는 탁자 밑에서 자고 있습니다.

There is a coffee table in front of the large sofa.
더리즈 어 커피 테이블 인프러터브 더 라쥐 쏘파
커다란 소파 앞에 티 테이블이 있습니다.

There is a lamp between the TV and the wall.
더리즈 어 램프 비튄 더 티비 앤 더 월
TV와 벽 사이에 램프가 있습니다.

My stereo is next to the chest.
마이 스떼리오이즈 네슷투더 체스트
내 스테리오는 서랍장 옆에 있습니다.

I'm calling about your help-wanted ad.
아임 컬링 어바우츄어 헬프워니드 애드
구인 광고를 보고 전화를 드리는 중입니다.

Is this 345-2321?
이즈 디즈 쓰리퍼파이브 투쓰리투원
거기가 345-2321입니까?

Send your resume.
쎈드 유어 레주메이
이력서를 보내주세요

We'll give you a date for an interview.
위일 기 뷰 어 데잇 퍼 런 인터뷰
면접 날짜를 알려드리겠습니다.

Is the position still open?
이즈더 포지션 스띨 오픈
그 자리가 아직도 비어 있습니까?

The job is already taken.
더 잡 이즈 얼뤠디 테이큰
그 일자리는 이미 사람을 구했습니다.

Ask for Miss Kim.
애스끄 퍼 미스킴
미스 김을 부탁하십시오.

May I ask what the starting pay is?
메이아이애스끄 윗 더 스따팅 페이이즈
초봉이 얼마인지 물어봐도 될까요?

There's something wrong with my washing machine.
데어즈 썸씽 위드 마이 워싱 머신
세탁기에 뭔가 문제가 생겼습니다.

I don't know anything about washing machines.
아이 도운노우 에니씽 어바웃 워싱 머신
나는 세탁기에 대해 아무 것도 몰라요.

Do you know anybody who can help me?
두 유 노우 에니바디 후 캔 헬프 미
나를 도와줄 수 있는 사람을 아세요?

You should look in the phone book.
유 슛 루 긴 더 폰 북
당신은 전화번호부를 보아야 해요.

Can you send a plumber as soon as possible?
캐 뉴 쎈 더 플러머 애즈 쑨 애즈 파써블
배관공을 가능한 한 빨리 보내줄 수 있겠어요?

Where do you live?
웨어 두 유 리브
어디에 사세요?

I can send a plumber tomorrow morning.
아이 캔 쎈더 플러머 터마로우 모닝
내일 아침에 배관공을 보낼 수 있습니다.

What's the address?
워츠 디 어드레스
주소가 어떻게 되죠?

I want this suit dry-cleaned.
아이 원 디스 쑷 즈라이클린드
나는 이 양복을 드라이하고 싶습니다.

I'd like to get this stain out.
아이드라익투 겟 디스 스떼이나웃
나는 이 얼룩을 빼고 싶습니다.

It looks like a grease stain.
잇 룩스라이커 그리즈 스떼인
그것은 기름 얼룩 같군요.

I think we can get it out.
아이띵 위 캔 게리라웃
우리는 그것을 뺄 수 있을 것 같군요.

When can I pick it up?
웬 캐나이 피키럽
언제 그걸 찾을 수 있을까요?

Here's your claim check.
히어즈 유어 클레임 첵
여기에 당신의 옷 찾는 표가 있습니다.

Do you think this will shrink if washed?
두 유 띵 디스 윌 쉬링크 이프워쉬트
이것은 세탁하면 줄어들까요?

It won't shrink but the color may run.
잇 워운트 쉬링크 벗 더 컬러 메이 런
줄어들지는 않겠지만 물이 빠질 수도 있죠.

Fill it(her) up with supreme, please.
필 리(러)럽 위드 쑤프림 플리즈
고급으로 가득 채워주세요.

Fill it(her) up.
필 리(러) 럽
차에 기름을 가득 채워 주세요.

Is this pump self-service?
이즈디스펌프 쎌프써비스
이곳은 본인이 직접 주유하는 곳인가요?

Ten dollars, please.
텐 달러즈 플리즈
10달러 어치 넣어주세요.

Which gas station do you usually go to?
위치 개스테이션 두 유 유주얼리 고우투
보통 어느 주유소에 가십니까?

What kind shall I put in?
윗 카인드 쎌라이 푸린
어떤 종류로 넣어드릴까요?

Fill it up with regular.
필 리 럽 위드 뤠귤러
표준으로 넣어주세요.

Check the oil and water, please.
체크 디 오일 앤 워러 플리즈
기름과 물을 점검해주세요.

38 자동차 사고

I had a car accident.
아이 해더 카 액씨던트
나한테 자동차 사고가 있었습니다.

I am a bad driver.
아이에머 배드 즈라이버
나는 운전을 못되게 합니다.

I'm very sorry.
아임 베리 쏘리
대단히 죄송합니다.

Are you all right?
아 유 올 롸잇
괜찮으세요?

Are you okay?
아 유 오케이
괜찮으세요?

I didn't see you.
아이 디든 씨유
제가 당신을 못 보았습니다.

Here's my insurance agent's number.
히어즈 마이 인슈어런스 에이전츠 넘버
여기 제 보험사 직원의 전화번호가 있습니다.

No one's hurt.
노 원즈 허트
아무도 다치지 않았습니다.

39 분실물

Excuse me.
익스큐즈 미
실례합니다.

I think that's my jacket.
아이띵 대츠 마이 재킷
저것은 내 재킷 같은데요.

I don't think so,
아이 돈 띵 소우
저는 그렇게 생각하지 않는데요.

I guess I made a mistake.
아이게스 아이메이더 미스테익
10달러 어치 넣어주세요.

Which gas station do you usually go to?
위치 개스테이션 두 유 유주얼리 고우투
제가 실수를 한 것 같아요.

Is this your umbrella?
이즈디스 유어 엄브렐러
이것이 당신의 우산입니까?

Are these your glasses?
아 디즈 유어 글래시즈
이것이 당신의 안경이에요?

No, they aren't.
노 데이 안트
아닙니다.

My umbrella is brown.
마이 엄브렐러 이즈 브라운
내 우산은 갈색입니다.

40 빌리기

Could I borrow some eggs?
쿠다이 바로우 썸 에그즈
달걀 좀 빌려주시겠어요?

Can I borrow some books?
캐나이 바로우 썸 북스
책 좀 몇 권 빌릴 수 있을까요?

How many do you need?
하우 메니 두 유 닛
몇 개(권)나 필요하시죠?

Just a few.
저스터 퓨
두서너 개(권)요.

Can I borrow some sugar?
캐나이 바로우 썸 슈거
설탕 좀 약간 빌릴 수 있을까요?

How much do you need?
하우 머치 두 유 닛
얼마나 많이 필요하시죠?

Just a little.
저스터 리를
조금만요.

Can you lend me some money?
캐 뉴 렌드 미 썸 머니
돈 좀 빌려주시겠어요?

Can you save my place, please?
캔 뉴 쎄이브 마이 플에이스 플리즈
제 자리 좀 봐줄 수 있어요?

Are you in line?
아 유 인 라인
줄을 서신 겁니까?

The line starts over there.
더 라인 스따츠 오버 데어
줄은 저쪽에서부터 시작됩니다.

Could you save my place in line, please?
쿠 쥬 쎄이브 마이 플레이스 인라인 플리즈
줄에서 제 자리 좀 보아주시겠어요?

Could you save my seat, please?
쿠 쥬 쎄이브 마이 씻 플리즈
제 좌석 좀 보아주시겠어요?

I'll be right back.
아일 비 라잇 백
곧 돌아오겠습니다.

Sure. Go ahead.
슈어 고우 어헤드
물론입니다. 어서 다녀오세요.

You have to get in line.
유 햅 투 게린라인
줄을 서셔야 됩니다.

부 록

[문형 1]

I am a student. 나는 학생이다.
I am a doctor. 나는 의사이다.

Are you a student? 너는 학생이니?
Yes, I am. 그래.

[문형 2]

He is my father. 그는 나의 아버지다.
She's my sister. 그녀는 나의 누이동생이다.

Is he American? 그는 미국인이니?
No, he's Canadian. 아니, 그는 캐나다인이야.

[문형 3]

This is a banana. 이것은 바나나다.
This is a computer. 이것은 컴퓨터다.

Are you a student? 너는 학생이니?
Yes, I am. 그래.

[문형 4]

That is a window. 저것은 창문이다.
That is a piano. 저것은 피아노다.

Is that a supermarket? 저것이 수퍼마켓이야?
Yes, it is. 그래.

[문형 5]

These are cups. 이것들은 컵이야.
These are eggs. 이것들은 달걀이야.

Are these glasses? 이것들은 유리잔이니?
No, they are cups. 아니, 그것들은 컵이야.

[문형 6]

Those are lions. 저것들은 사자야.
Those are boxes. 저것들은 상자야.

Are those cats? 저것들은 고양이니?
Yes, they are. 응.

[문형 7]

What is this? 이것은 뭐니?
It is a chair. 그것은 의자야.

What is this? 이것은 뭐지?
It's a radio. 그것은 라디오야.

[문형 8]

What is that? 저것은 뭐니?
It is a bag. 그것은 가방이야.

What is that? 저것은 뭐니?
It is a tree. 그것은 나무야.

[문형 9]

What are these? 이것들은 뭐니?
They are watches. 그것들은 시계야.

What are these? 이것들은 뭐니?
They are pencils. 그것들은 연필이야.

[문형 10]

What are those? 저것들은 뭐니?
They are bags. 그것들은 가방이야.

What are those? 저것들은 뭐니?
They are cars. 그것들은 승용차야.

[문형 11]

What color is this? 이것은 무슨 색이니?
It is yellow. 그것은 노란색이야.

What color is it? 그것은 무슨 색이니?
It's blue. 그것은 푸른색이야.

[문형 12]

What color is that? 저것은 무슨 색이니?
It is brown. 그것은 갈색이야.

What color is that? 저것은 무슨 색이니?
It's red. 그것은 빨간색이야.

[문형 13]

What color is the table? 그 탁자는 무슨 색이니?
It is white. 그것은 흰색이야.

What color is your car? 너의 자동차는 무슨 색이니?
It's black. 그것은 검은색이야.

[문형 14]

This boy is young. 이 소년은 어리다.
This car is small. 이 차는 작다.

Is this shirt dirty? 이 셔츠는 더럽니?
No, it's clean. 아니, 그것은 깨끗해.

[문형 15]

That man is old. 저 남자는 늙었다.
That building is very tall. 저 건물은 아주 높다.

Is that girl pretty? 저 소녀는 예쁘니?
Yes, she is. 그래.

[문형 16]

What's your name?   네 이름은 뭐니?
My name is Bob.   내 이름은 밥이야.

What's your name?   네 이름은 뭐니?
My name is Sujin.   내 이름은 수진이야.

[문형 17]

What's his name?   그의 이름은 뭐니?
His name is Sam.   그의 이름은 쌤이야.

What's her name?   그 여자의 이름은 뭐니?
Her name is Tina.   그 여자의 이름은 티나야.

[문형 18]

What's your brother's name?   너의 남자 형제의 이름은 뭐니?
His name is Peter.   그의 이름은 피터야.

What's your sister's name?   너의 누이동생의 이름은 뭐니?
Her name is Ann.   그 여자의 이름은 앤이야.

[문형 19]

Where is the book? 그 책은 어디에 있니?
It's on the desk. 그것은 책상 위에 있어.

Where is the piano? 피아노는 어디에 있니?
It's in the room. 그것은 방 안에 있어.

[문형 20]

Where are the cars? 승용차들은 어디에 있니?
They are in front of the building. 그것들은 건물 앞에 있어.

Where are the eggs? 달걀들은 어디에 있니?
They are in the refrigerator. 그것들은 냉장고 안에 있어.

[문형 21]

Please sit down. 앉으세요.
Please listen. 잘 들으세요.

Repeat, please. 따라서 읽으세요.
Please open the window. 창문을 여세요.

[문형 22]

What are you doing? 너 뭐 하고 있니?
I am watching TV. 나 텔레비전 보는 중이야.

What are you doing? 너 뭐 하고 있니?
I am singing. 나 노래하고 있어.

[문형 23]

What is he doing? 그는 뭐 하고 있니?
He is playing soccer. 그는 축구를 하고 있어.

What is she doing? 그 여자는 뭐 하고 있니?
She is playing the piano. 그 여자는 피아노를 치고
있어.

[문형 24]

I have a dog. 나는 개 한 마리가 있다.
I have grandparents. 나는 조부모님이 계시다.

Do you have a computer? 너 컴퓨터 있니?
Yes, I do. 응.

[문형 25]

He has a sister. 그는 누이동생이 있다.
He has a car. 그는 자동차가 있다.

Does she have parents? 그 여자는 부모님이 계시니?
Yes, she does. 그래.

[문형 26]

There is a cup on the table. 탁자에 컵이 한 개 있다.
There is a cat in the room. 방 안에 고양이가 한 마리 있다.

Is there a library nearby? 근처에 도서관이 있습니까?
Yes, there is. 예, 있습니다.

[문형 27]

There are fish in the river. 강에는 물고기들이 있다.
There are some eggs in the refrigerator. 냉장고에는
달걀이 약간 있다.

Are there any books on the desk? 책상에 책들이 있니?
Yes, there are some. 응, 약간 있어.

[문형 28]

How many brothers do you have? 너는 몇 명의 남자형제가 있니?
I have two brothers. 나는 두 명의 형제가 있어.

How many sisters do you have? 너는 몇 명의 누이동생이 있니?
I have no sister. 나는 누이동생이 없어.

[문형 29]

Whose hat is this? 이것은 누구의 모자니?
It's Peter's hat. 그것은 피터의 모자야.

Whose hat is this? 이것은 누구의 모자니?
It's Sally's 그것은 샐리의 것이야.

[문형 30]

Whose umbrella is that? 저것은 누구의 우산이니?
It's John's umbrella 그것은 잔의 우산이야.

Whose watch is that? 저것은 누구의 시계니?
It's Kate's. 그것은 케이트의 것이야.

[문형 31]

What's for lunch? 점심식사 메뉴는 뭐예요?
Hamburger. 햄버거야.

What's for dinner? 저녁식사 메뉴는 뭐예요?
Bulgogi. 불고기야.

[문형 32]

What day is it today? 오늘 무슨 요일이니?
It's Monday. 월요일이야.

What day is it today? 오늘 무슨 요일이니?
It's Saturday. 토요일이야.

[문형 33]

How many books are there on the desk? 책상 위에 몇 권의 책이 있니?
Five books. 다섯 권의 책.

How many candies are there on the table? 탁자 위에 몇 개의 사탕이 있니?
Seven. 일곱 개.

[문형 34]

How's the weather today? 오늘 날씨가 어떠니?
It's cloudy. 날이 흐렸어.

How's the weather today? 오늘 날씨가 어떠니?
It's raining. 비가 오고 있어.

[문형 35]

Do you have apples? 사과 좀 있니?
Yes, I have some. 응, 몇 개 있어.

Do you have any pencils? 연필 좀 있니?
No, I don't. 아니, 없어.
(긍정문엔 some, 부정문, 의문문, 조건문엔 any를 씀)

[문형 36]

Do you want some bread? 빵 좀 줄까?
Yes, please. 응.

Do you want some juice? 주스 좀 줄까?
No, thanks. 아니.
(의문문이라도 권유와 부탁을 나타낼 땐 some을 씀)

[문형 37]

What time is it now? 지금 몇 시죠?
It's 7 o'clock. 7시예요.

What time is it now? 지금 몇 시죠?
It's 8: 30. 8시 30분이에요.

[문형 38]

What kind of food do you like? 어떤 종류의 음식을 좋아하시죠?
I like Bulgogi. 불고기를 좋아해요.

What kind of food do you like best? 어떤 종류의 음식을 가장 좋아하시죠?
I like Hamburger best. 나는 햄버거를 가장 좋아해.

[문형 39]

How are you doing? 너 어떻게 지내니?
I am fine. How are you? 잘 지내. 넌 어떻게 지내니?

What's up? 잘 지냈니?
Not much. 그저 그래.

[문형 40]

How long does it take to Seoul? 서울까지 시간이 얼마나 걸리니?
It takes one hour by subway. 지하철로 한 시간 걸려.

How long does it take to the post office? 우체국까지 시간이 얼마나 걸리죠?
It takes ten minutes by bus. 버스로 10분 걸려요.

[문형 41]

What stop is next? 다음은 무슨 정류장이죠?
Joyce. 조이스예요.

What stop is next? 다음 정류장은 어디죠?
Granville, I believe. 그랜빌이죠.

[문형 42]

How much is is it? 얼마죠?
One dollar fifty. 1달러 50센트예요.

How much is the fare? 요금이 얼마죠?
20 dollars. 20달러예요.

[문형 43]

Is this seat taken?   이 자리 앉을 사람 있나요?
No.   아뇨.

Is this seat occupied?   이 자리 앉을 사람 있나요?
No, it isn't.   아뇨.

[문형 44]

Can I get this gift-wrapped?   이것을 (선물)포장할 수
있을까요?
Sure.   물론이죠.

Can you gift-wrap this?   이것을 포장해 줄 수 있
어요?
Sorry. We don't gift-wrap.   미안하지만 포장해드리
지는 않아요.

[문형 45]

What's he like?   그 사람 어떤 사람이니?
He's kind.   그 사람 친절해.

What's she like?   그 여자 어떤 사람이니?
She is kind and cute.   그 여자는 친절하고 귀여워.

[문형 46]

Can I call you? 내가 당신에게 전화해도 됩니까?
Sure. 그럼요.

Call me tonight. 오늘 밤 전화해요.
What time is good for you? 몇 시에 걸면 좋을까요?

[문형 47]

Which do you like better, this or that? 이것과 저것 중 어느 것이 더 맘에 드니?
I like this better. 이게 더 맘에 들어요

Which season do you like better, spring or summer? 봄과 여름 중 어느 계절을 더 좋아해요?
Spring. 봄이요.

[문형 48]

Who is taller, Inho or Tom? 인호와 탐 중 누가 더 크니?
Tom is taller. 탐이 더 커요.

Who is prettier, Jane or Ann? 제인과 앤 중 누가 더 예쁘니?
Jane. 제인이야.

[문형 49]

Can you turn on the air-conditioner? 에어컨을
켜 주실래요?
Sure. Are you hot? 그럼요. 더우세요?

Can you turn off the air-conditioner? 에어컨을
꺼주실래요?
Sure. Are you cold? 그럼요. 추우세요?

[문형 50]

When do you open? 몇 시에 문을 여나요?
We open at 9 AM. 오전 9시에 열어요.

How late are you open? 몇 시까지 문을 열죠?
We are open until 10 PM. 오후 10시까지 열어요.

[문형 51]

Could you change a $20 bill? 20달러 지폐를 바꿔
줄 수 있어요?
Sure. 그럼요.

Can you break a $50 bill? 50달러 지폐를 바꿔줄
수 있어요?
Yes. 예.

[문형 52]

How much is the rent? 임대료가 얼마죠?
It's $600 a month. 한 달에 600달러예요.

Does that include utilities? 그것은 설비비(전기, 수도세 등)를 포함하나요?
It includes everything except electricity. 전기를 제외한 모든 걸 포함합니다.

[문형 53]

Can you speak English? 영어할 줄 아세요?
Yes, I can. 예.

Can you speak French? 불어할 줄 아세요?
No, I can't. 못해요.

[문형 54]

Don't stand up. 일어나지 마라.
Don't sit down. 앉지 마라.

Please don't move. 움직이지 마시오.
Don't make a noise. 떠들지 마라.

[문형 55]

I think we need a car. 난 우리가 차가 필요하다고
생각해.
I think so, too. 나도 그렇게 생각해.

Do you think she is pretty? 넌 그녀가 예쁘다고
생각해?
Yes, she's attractive. 응. 그녀는 아주 매력적이야.

[문형 56]

How do you like your steak? 스테이크를 어떻게
해드릴까요?
Well-done, please. 완전히 익혀주세요.

How do you like your steak? 스테이크를 어떻게
해드릴까요?
Medium, please. 중간쯤 익혀주세요.

memo

memo

memo

memo

memo

memo

memo

memo